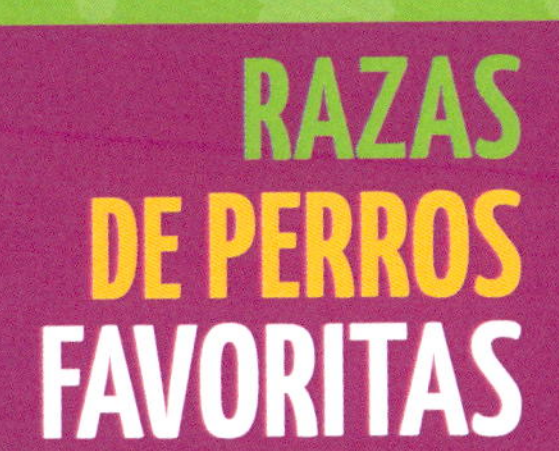

LOS GRAN DANESES

por Mary Ellen Klukow

AMICUS AMICUS INK

Amicus High Interest y Amicus Ink están publicados por Amicus
P.O. Box 227, Mankato, MN 56002
www.amicuspublishing.us

Información del Catálogo de publicaciones de la Biblioteca del Congreso

Names: Klukow, Mary Ellen, author.
Title: Los gran daneses / by Mary Ellen Klukow.
Other titles: Great Danes. Spanish
Description: Mankato, Minnesota : Amicus/Amicus Ink, [2020] | Series: Razas de perros favoritas | Audience: Age 7. | Audience: K to Grade 3. |
Includes index.
Identifiers: LCCN 2018054512| ISBN 9781681518916 (hardcover) | ISBN 9781681519173 (eBook)
Subjects: LCSH: Great Dane--Juvenile literature.
Classification: LCC SF429.G7 K5818 2020 | DDC 636.73--dc23
LC record available at https://lccn.loc.gov/2018054512

Créditos de las imágenes: Shutterstock/Eric Isselee cover, 2, 22, 24; Minden/Mark Raycroft 4–5; Alamy/Design Pics Inc 6; Mary Evans/Mary Evans Picture Library 8–9; WikiCommons/WikiCommons 10–11; Shutterstock/Ricantimages 13; Getty/Barcroft Media 14–15; iStock/mharvey 17; Alamy/Juniors Bildarchiv GmbH 18; Shutterstock/Geoff Goldswain 20–21

Editora: Alissa Thielges
Diseñador: Ciara Beitlich
Investigación fotográfica: Holly Young

TABLA DE CONTENIDO

GIGANTES GENTILES

Los gran daneses son conocidos por por su tamaño. Probablemente sean más altos que tú. Tienen grandes cabezas con forma de bloque. ¡Tienen grandes personalidades, también! Los gran daneses son leales y **cariñosos**.

DOGS IN CANADA
DOGS IN CANADA

UN PERRO GRANDE

Los gran daneses son enormes. Pueden pesar más de 175 libras (79 kg). Pueden pararse sobre sus patas traseras. ¡Y así son más altos que la mayoría de la gente!

Hechos peludos

Los gran daneses pueden tener orejas que se levantan o que caen hacia abajo.

COLORES DE PELAJE

Los gran daneses vienen en muchos colores. Algunos de los colores tienen nombres especiales. El gran danés **leonado** es canela. El gran danés **arlequín** es blanco y negro. El gran danés **atigrado** tiene rayas.

HISTORIA

El gran danés es una de las razas de perros más antiguas. ¡Han existido durante 400 años! Son de Alemania. Fueron criados para cazar **jabalí**.

PERROS GUARDIANES

Algunas personas usan a los gran daneses como **perros guardianes**. Ladran muy ruidosamente. Su gran tamaño puede dar miedo. Asustan a los intrusos.

RÉCORDS MUNDIALES

El perro vivo más alto es Freddy, a la izquierda. Es un gran danés en Inglaterra. Sus hombros miden 41 pulgadas (104 cm) de altura. Sobre sus patas traseras, ¡mide casi 7.5 pies (2.3 m) de altura!

Hechos peludos

El perro más alto que alguna vez existió se llamaba Zeus. Era un gran danés.

HARAGÁN

Los gran daneses adultos no son muy enérgicos. Se necesitan mucha energía para mover sus grandes cuerpos. Les gusta dormir la siesta. A medida que los gran daneses crecen, hacen menos ejercicio.

CACHORROS

Incluso los cachorros gran danés son grandes. Pueden pesar cuatro veces lo que pesa un cachorro de tamaño mediano. Los cachorros gran danés son torpes. Se tropiezan con sus grandes patas. Siguen creciendo hasta los tres años.

Hechos peludos

Los gran daneses pueden pesar 100 libras (45 kg) a los seis meses de edad.

GRANDES MASCOTAS

Los gran daneses son mascotas populares. Son pacientes. Son fáciles de entrenar. Les encanta tirarse en el sofá con su familia.

¿CÓMO SABES QUE ES UN GRAN DANÉS?

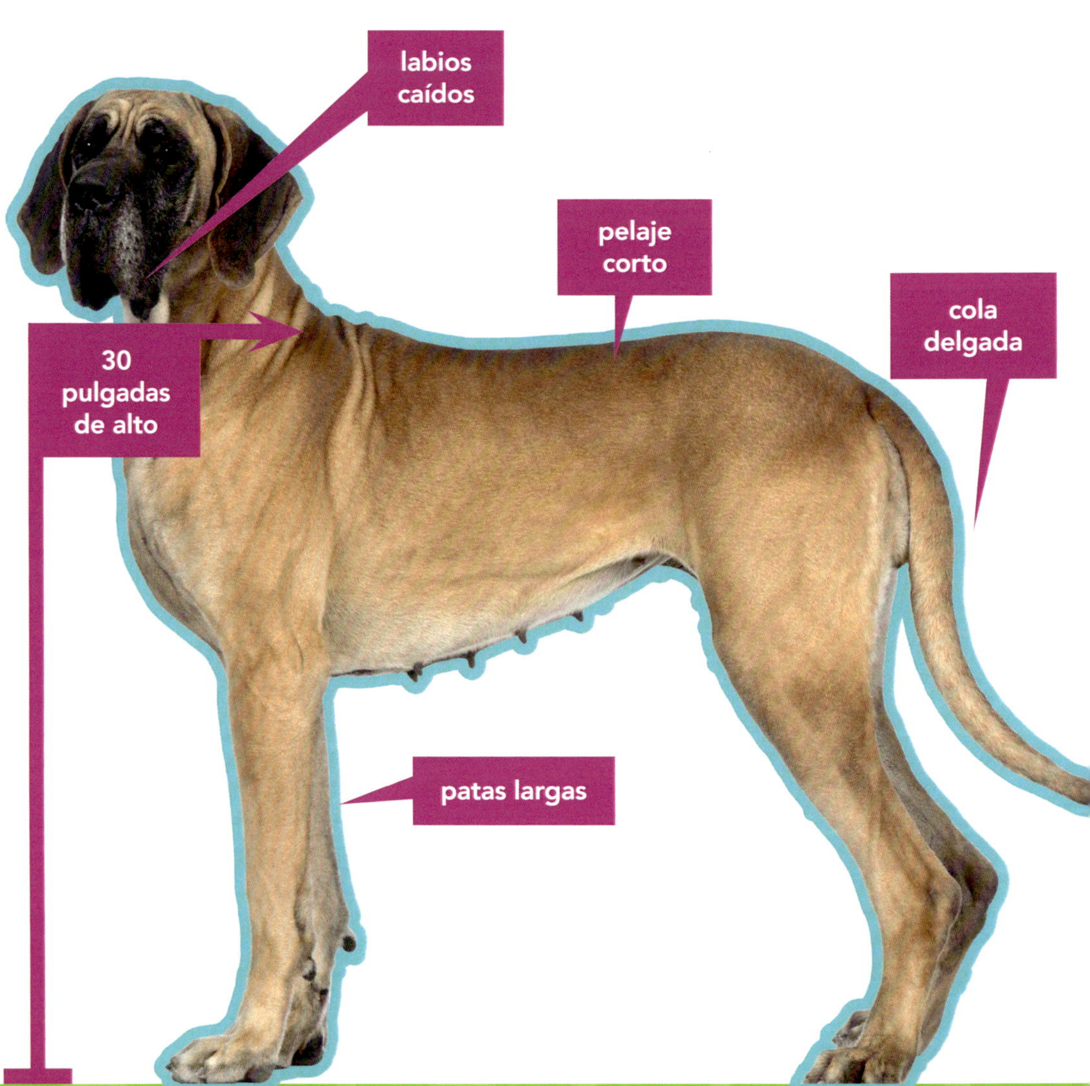

PALABRAS QUE DEBES CONOCER

arlequín: pelaje blanco con manchas negras

atigrado: marrón tostado con rayas más oscuras

cariñoso: dulce, muy amoroso

enérgico: muy activo; tener mucha energía

jabalí: un gran cerdo salvaje

leonado: color canela, con hocico negro y bozal

perro guardián: un perro cuyo trabajo es proteger a su hogar o familia

ÍNDICE